有你多麼幸福

文‧圖／宮野聰子　翻譯／游珮芸

森林的角落有一個大洞穴，
大熊和小松鼠相親相愛的在那裡生活。

每天早上，
小松鼠一起床，

就開始打掃、
洗衣服，

然後做早餐。

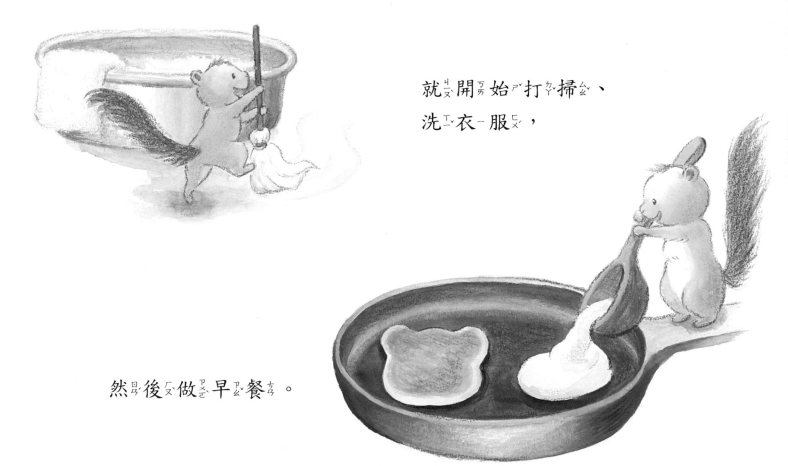

大熊伸了個懶腰
慢吞吞的起床後，

就悠閒的在院子散步，
然後為青菜和花朵澆水。

小_{ㄒㄧㄠ}松_{ㄙㄨㄥ}鼠_{ㄕㄨ}好_{ㄏㄠ}喜_{ㄒㄧ}歡_{ㄏㄨㄢ}慢_{ㄇㄢ}吞_{ㄊㄨㄣ}吞_{ㄊㄨㄣ}的_{ㄉㄜ}大_{ㄉㄚ}熊_{ㄒㄩㄥ}，
大_{ㄉㄚ}熊_{ㄒㄩㄥ}也_{ㄧㄝ}好_{ㄏㄠ}喜_{ㄒㄧ}歡_{ㄏㄨㄢ}充_{ㄔㄨㄥ}滿_{ㄇㄢ}活_{ㄏㄨㄛ}力_{ㄌㄧ}的_{ㄉㄜ}小_{ㄒㄧㄠ}松_{ㄙㄨㄥ}鼠_{ㄕㄨ}。

有一天，小松鼠看著大熊，
心裡想著……

因為有大熊細心照料，
庭院裡才有這麼多美麗的花朵
和好吃的青菜。

大熊也看著小松鼠，
心裡想著……

因ㄧㄣ為ㄨㄟ有ㄧㄡ小ㄒㄧㄠ松ㄙㄨㄥ鼠ㄕㄨ勤ㄑㄧㄣ奮ㄈㄣ的ㄉㄜ清ㄑㄧㄥ洗ㄒㄧ，
家ㄐㄧㄚ裡ㄌㄧ才ㄘㄞ有ㄧㄡ太ㄊㄞ陽ㄧㄤ味ㄨㄟ道ㄉㄠ的ㄉㄜ床ㄔㄨㄤ單ㄉㄢ
和ㄏㄜ柔ㄖㄡ軟ㄖㄨㄢ膨ㄆㄥ鬆ㄙㄨㄥ的ㄉㄜ毛ㄇㄠ巾ㄐㄧㄣ。

溫暖的午後，　兩個好朋友一起出門散步。
「大熊，　我找到好多你喜歡的蘑菇喔！」

「這邊也有很多
小松鼠喜歡的草莓呢！」

小松鼠一一邊想著大熊， 一一邊摘蘑菇。
「 大熊會不會很開心呢？ 」

大熊也一邊想著小松鼠，一邊摘草莓。
「小松鼠一定會很高興吧！」

摘完蘑菇和草莓後，
他們來到小河邊清洗。

「水好冰啊！」
小松鼠說。
「不要緊吧？
我們到草原上晒
太陽。」大熊說。

「 哇 ── 大熊的肚子暖呼呼的！ 」

「 怎麼樣？ 是不是暖和了呢？ 」

「 嗯， 好溫暖， 謝謝。 」

小松鼠為了感謝大熊，
做了一頂花冠送給他。
「呵呵，有點癢癢的。」
「好看嗎？大熊，你喜歡嗎？」
「嗯，很喜歡，謝謝。」

回到家後，
他們一起準備晚餐。

今天的餐點是
蘑菇煎蛋和草莓果醬麵包。

吃晚餐時，
大熊對小松鼠說：
「小松鼠，謝謝你
為我做的一切。」

小松鼠睜大眼睛問：
「怎麼了？ 為什麼突然這麼說？」

「我一直在想， 乾淨的房間、
有太陽味道的床單、
好吃的早餐， 還有花冠……
全都讓我覺得好幸福喔！
『謝謝』 一定是在感到幸福的時候
才會說的話吧！」

聽到大熊這麼說， 小松鼠也說：
「 我也一樣！

　　因為有大熊， 庭院裡才會有
　　美麗的花朵和好吃的青菜；
　　餐桌上才會有整齊的碗盤和杯子。
　　而且你還溫暖了我的手！

　　我很喜歡你為我做的一切，
　　謝謝你為我做的所有事！ 」

到_{ㄉㄠ}了_{ㄌㄜ}該_{ㄍㄞ}睡_{ㄕㄨㄟ}覺_{ㄐㄧㄠ}的_{ㄉㄜ}時_ㄕ間_{ㄐㄧㄢ}。

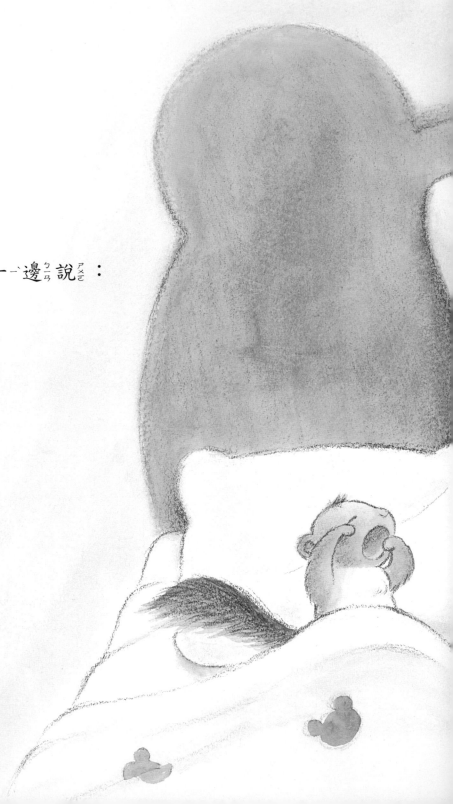

小松鼠一邊打哈欠，一邊說：
「哇——
像這樣跟你一起睡覺，
是我最幸福的時候唷！
大熊，今天也是，
謝謝你所做的一切。
晚安……」

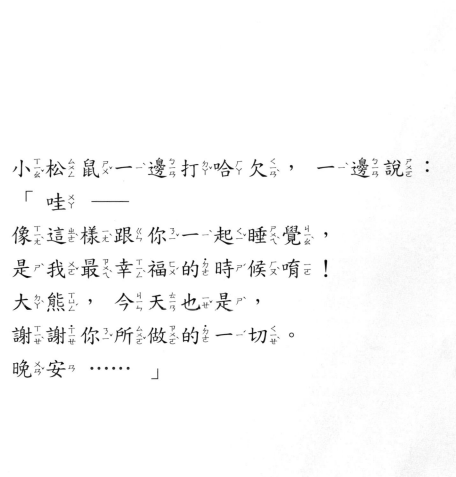

小松鼠睡著了，　發出呼嚕呼嚕的鼻息聲。

大熊輕聲的說：
「晚安。　看著你睡著的臉龐，
是我最幸福的時候。
謝謝你，　一直在我身邊。　」

那天晚上， 小松鼠和大熊
都沉浸在幸福的感覺裡睡著了。

文・圖│**宮野聰子**

　　1976年出生於日本東京，與姊姊和弟弟一起度過快樂的童年。女子美術短期大學資訊設計科畢業後，經歷平面設計公司、兒童書店等工作後成為繪本作家，最喜歡騎著腳踏車四處兜風。主要作品有《最幸福的禮物》（小熊出版）榮獲日本第七屆LIBRO繪本大賞，以及《等一會兒要等多久？》、《小桃和媽媽》、《可以好好睡午覺嗎？》、《可以自己穿內褲嗎？》等。

翻譯│**游珮芸**

　　1967年出生於臺北，畢業於臺灣大學外文系，後至日本留學，取得日本國立御茶水女子大學兒童文學碩士、人文科學博士。現任教於臺東大學兒童文學研究所，致力於兒童文學、兒童文化研究，以及繪本與動畫研究，並從事兒童文學翻譯與評論。翻譯的繪本眾多，在小熊出版的有《最幸福的禮物》、《遇到選擇時，你會怎麼做？》、《蛀牙蟲家族大搬家》、《走呀走，去散步》等，深受讀者喜愛。

小熊出版讀者回函　小熊出版官方網頁

精選圖畫書　**有你多麼幸福**　文・圖／宮野聰子　翻譯／游珮芸

總編輯：鄭如瑤｜主編：詹嬿馨｜美術編輯：張雅玫｜行銷副理：塗幸儀
社長：郭重興｜發行人兼出版總監：曾大福｜業務平臺總經理：李雪麗｜業務平臺副總經理：李復民
海外業務協理：張鑫峰｜特販業務協理：陳綺瑩｜實體業務協理：林詩富
印務經理：黃禮賢｜印務主任：李孟儒｜出版與發行：小熊出版・遠足文化事業股份有限公司
地址：231 新北市新店區民權路 108-2 號 9 樓｜電話：02-22181417｜傳真：02-86671851
劃撥帳號：19504465｜戶名：遠足文化事業股份有限公司
客服專線：0800-221029｜客服信箱：service@bookrep.com.tw

E-mail：littlebear@bookrep.com.tw｜Facebook：小熊出版
讀書共和國出版集團網路書店：http://www.bookrep.com.tw
團體訂購請洽業務部：02-2218-1417 分機1132、1520
法律顧問：華洋法律事務所／蘇文生律師
印製：凱林彩印股份有限公司
初版一刷：2021 年 5 月
定價：320 元｜ISBN：978-986-5593-18-6

國家圖書館出版品預行編目（CIP）資料

有你多麼幸福／宮野聰子 文・圖；游珮芸 翻
譯. -- 初版. -- 新北市：小熊出版：遠足文化發
行. 2021. 05
40面；23×23 公分. --（精選圖畫書）
注音版
ISBN 978-986-5593-18-6　（精裝）

861.599　　　　　　　　　　110005401